10 centimes — 10 centimes

LE
PRINCE EUGÈNE
ET
L'IMPÉRATRICE JOSÉPHINE

SOMMAIRE : Notice sur l'impératrice Joséphine. — Le prince Eugène réclamant l'épée de son père. — Son courage. — Son humanité. — Le prince Eugène au tombeau de sa mère. (2ᵉ édit.)

Enfance du prince Eugène.

PARIS
Rue Sainte-Marguerite, 16, — rue du Temple, 94
1853

Janvier 1854.			Février.			Mars.		
Jours crois. 1 h. 4.			Jours crois. 1 h. 30.			Jours crois. 1 h. 50.		
P.Q.6. — D.Q.21 — P.L.14. — N.L.28			P.Q.4. — D.Q.20 — P.L.13. — N.L.27			P.Q.6. — D.Q.21 — P.L.14. — N.L.28		
1	Dim.	CIRCONC.	1	Merc.	s. Ignace.	1	Merc.	Cendres.
2	Lun.	s. Basile.	2	Jeudi	PURIFIC.	2	Jeudi	s. Simpl.
3	Mardi	s⁰ Genev.	3	Ven.	s. Blaise.	3	Ven.	s⁰ Cuneg.
4	Merc.	s. Rigob.	4	Sam.	s. Philéas	4	Sam.	s. Casimir
5	Jeud.	s⁰ Amélie	5	Dim.	s⁰ Agath.	5	Dim.	Quadrag.
6	Ven.	EPIPHAN.	6	Lun.	s. Vast.	6	Lun.	s⁰ Colette
7	Sam.	s. Théau.	7	Mardi	s. Romua	7	Mardi	s⁰ Perpét.
8	Dim.	s. Lucien	8	Merc.	s. Jean M.	8	Merc.	s. Ponce.
9	Lun.	s. Furcy.	9	Jeudi	s⁰ Franç	9	Jeudi	s⁰ Franç.
10	Mardi	s. Paul.	10	Ven.	s⁰ Scolast	10	Ven.	s⁰ Anasta
11	Merc.	s. Théod.	11	Sam.	s. Severin	11	Sam.	s. Blanche
12	Jeudi	s. Arcad.	12	Dim.	Septuagés	12	Dim.	Reminisc.
13	Ven.	B.d.N.S.	13	Lun.	s. Lezin.	13	Lun.	s⁰ Euphra
14	Sam.	s. Hilaire	14	Mardi	s. Lézin.	14	Mardi	s. Lubin.
15	Dim.	s. Maur.	15	Merc.	s⁰ Valen.	15	Merc.	s. Zacha.
16	Lun.	s. Guill.	16	Jeudi	s⁰ Julienn	16	Jeudi	s. Cyriaq
17	Mardi	s. Ant.	17	Ven.	s. Théod.	17	Ven.	s⁰ Gertr.
18	Merc.	Ch. s. P.	18	Sam.	s. Siméon	18	Sam.	s. Alexand
19	Jeudi	s. Sulpice	19	Dim.	Sexagés.	19	Dim.	OCULI
20	Ven.	s. Sébast.	20	Lun.	s. Eucher	20	Lun.	s. Joachi.
21	Sam.	s⁰ Agnès.	21	Mardi	s. Pepin.	21	Mardi	s. Benoît.
22	Dim.	s. Vincent	22	Merc.	s⁰ Antig.	22	Merc.	s. Emile.
23	Lun.	s. Ildefon	23	Jeudi	s. Méraul	23	Jeudi	s. Victor.
24	Mardi	s. Babylas	24	Ven.	s. Mathias	24	Ven.	s. Simon.
25	Merc.	Conv.s.P.	25	Sam.	s. Tarais.	25	Sam.	ANNONC.
26	Jeudi	s⁰ Paule	26	Dim.	Quinquag	26	Dim.	Lætare
27	Ven.	s. Julien	27	Lun.	s⁰ Honor.	27	Lun.	s. Rupert.
28	Sam.	s. Charl.	28	Mardi	s. Romai.	28	Mardi	s. Gontr.
29	Dim.	s. F. de S.				29	Merc.	s. Eustas.
30	Lun.	s⁰ Bathild		Epacte I.		30	Jeudi	s. Rieul.
31	Mardi	s.Pier. N.		Lettre A.		31	Ven.	s⁰ Cornél

Juillet.			Août.			Septembre.		
Jours décrois. 56.			Jours décr. 1 h. 36.			Jours décr. 1 h. 42.		
P.Q.3. — D.Q.17 — P.L.10. — N.L.25			P.Q.1. — D.Q.15 — P.L.8. — N.L.23 — P.Q.31.			P.L.6. — N.L.29 — D.Q.14. — P.Q.28		
1	Sam.	s. Martial	1	Mardi	s. P. ès-l.	1	Ven.	s. L. s. G
2	Dim.	V. de la V.	2	Merc.	s. Et. p.	2	Sam.	s. Lazar
3	Lun.	s. Anatole	3	Jeudi	Inv. s. Et	3	Dim.	s. Grég. 1
4	Mardi	T. s. Mar.	4	Ven.	s. Dom.	4	Lun.	s⁰ Rosal
5	Merc.	s⁰ Zoé.	5	Sam.	s. You.	5	Mardi	s. Bertin.
6	Jeudi	s. Tranq.	6	Dim.	Tr. N. S.	6	Merc.	s. Onésip
7	Ven.	s⁰ Aubie.	7	Lun.	s. Gaëtan	7	Jeudi	s. Cloud
8	Sam.	s. Procop	8	Mardi	s. Justin.	8	Ven.	Nat. N.D
9	Dim.	s. Ephre.	9	Merc.	s. Spire.	9	Sam.	s. Omer
10	Lun.	s⁰Félicité	10	Jeudi	s. Laur.	10	Dim.	s⁰Pulchè
11	Mardi	T. s. Ben.	11	Ven.	Sus. s. C.	11	Lun.	s.Patient
12	Merc.	s. Gualb.	12	Sam.	s⁰ Claire.	12	Mardi	s. Raphaë
13	Jeudi	s. Turiaf.	13	Dim.	s. Hipp.	13	Merc.	s. Mauril
14	Ven.	s. Bonav.	14	Lun.	s. Eusèb.	14	Jeudi	Ex. s⁰ C.
15	Sam.	s. Henri.	15	Mardi	ASSOM.	15	Ven.	s. Nicom
16	Dim.	s. Eustate	16	Merc.	s. Roch.	16	Sam.	s⁰ Eugén
17	Lun.	s. Spérat.	17	Jeudi	s. Mamès.	17	Dim.	s. Lamb
18	Mardi	s. Clair.	18	Ven.	s⁰ Hélène	18	Lun.	s. J.-Chr
19	Merc.	s. V. de P.	19	Sam.	s. Louisé.	19	Mardi	s. Janvie
20	Jeudi	s⁰ Marg.	20	Dim.	s. Bern.	20	Merc.	s. Eustac
21	Ven.	s. Victor.	21	Lun.	s. Privat.	21	Jeudi	s. Matth
22	Sam.	s⁰ Madel.	22	Mardi	s. Symp.	22	Ven.	s. Mauri
23	Dim.	s. Apoll.	23	Merc.	s. Sidoine	23	Sam.	s⁰ Thècle
24	Lun.	s⁰Christin	24	Jeudi	s. Barth.	24	Dim.	s. Andoc.
25	Mardi	s. Jacques	25	Ven.	s. Louis.	25	Lun.	s. Cléoph
26	Merc.	s. Christo	26	Sam.	s. Zephiri	26	Mar.	s⁰ Justin
27	Jeudi	s. Pantal.	27	Dim.	s. Césair.	27	Merc.	s. C., s. L
28	Ven.	s⁰ Anne.	28	Lun.	s. August.	28	Jeudi	s. Céran.
29	Sam.	s⁰ Marth.	29	Mardi	D.S.J.-B.	29	Ven.	s. Michel
30	Dim.	s. Abdon.	30	Merc.	s. Fiacre.	30	Sam.	s. Jérôme
31	Lun.	s. Ger. A.	31	Jeudi	s⁰Isabelle			

Avril.			Mai.			Juin.		
Jours crois. 1 h. 38.			Jours crois. 1 h. 48.			Jours crois. 0 h. 14.		
P.Q.5. — D.Q.20 — P.L.13. — N.L.27			P.Q.5. — D.Q.19 — P.L.12. — N.L.26			P.Q.4. — D.Q.17 — P.L.10. — N.L.25		
1	Sam.	s. Hugues	1	Lun.	s. Philipp	1	Jeudi	s. Pamphi
2	Dim.	PASSION.	2	Mardi	s. Athan.	2	Ven.	s. Optat.
3	Lun.	s. Richard	3	Merc.	Inv. s⁰ C.	3	Sam.	s⁰ Clotil.
4	Mardi	s. Ambr.	4	Jeudi	s⁰ Moniq.	4	Dim	PENTEC
5	Merc.	s. Gérard	5	Ven.	C. s. Aug.	5	Lun.	s. Bonif.
6	Jeudi	s. Prud.	6	Sam.	s. Jean.	6	Mardi	s. Claude
7	Ven.	s. Hégési.	7	Dim.	s. Stanisl.	7	Merc.	s. Robert
8	Sam.	s. Albert.	8	Lun.	s. Désiré.	8	Jeudi	s. Médar.
9	Dim.	RAMEAUX.	9	Mardi	s. Grégoir	9	Ven.	s⁰ Pélagie
10	Lun.	s. Fulbert	10	Merc.	s. Gord.	10	Sam.	s. Landry
11	Mardi	s. Léon.	11	Jeudi	s. Mam.	11	Dim.	TRINITÉ.
12	Merc.	s. Jules.	12	Ven.	s⁰ Flavie.	12	Lun.	s. Basilide
13	Jeudi	s. Marce.	13	Sam.	s. Servais	13	Mardi	s Ant. de P
14	Ven.	Vendr.-St.	14	Dim.	s. Pacô.	14	Merc.	s. Ruffin.
15	Sam.	s. Paterne	15	Lun.	s. Isidore	15	Jeudi	F. DIEU.
16	Dim.	PAQUES	16	Mardi	s. Honor.	16	Ven.	s. Fargeau
17	Lun.	s. Anicet	17	Merc.	s. Pascal.	17	Sam.	s. Avit.
18	Mardi	s. Parfait.	18	Jeudi	s. Venan.	18	Dim.	s⁰ Marine
19	Merc.	s. Timon.	19	Ven.	s. Yves.	19	Lun.	s. Gerv.
20	Jeudi	s. Hildeg.	20	Sam.	s. Bernar.	20	Mardi	s. Silvère.
21	Ven.	s. Ansel.	21	Dim.	s. Hospic.	21	Merc.	s. Leufroy
22	Sam.	s⁰ Oppor.	22	Lun.	Rogations	22	Jeudi	Oct. F. D.
23	Dim.	Quasimod	23	Mardi	s. Didier.	23	Ven.	s. Félix.
24	Lun.	s⁰ Beuve.	24	Merc.	s. Donat.	24	Sam.	s. Jean-B.
25	Mardi	s. Marc.	25	Jeudi	ASCENS	25	Dim.	s. Prosp.
26	Merc.	s. Clet.	26	Ven.	s. Adolp.	26	Lun.	s. Babol.
27	Jeudi	s. Polyc.	27	Sam.	s. Hildev.	27	Mardi	s. Ladisl.
28	Ven.	s. Vital.	28	Dim.	s. Germ.	28	Merc.	s⁰ Irénée.
29	Sam.	s. Robert	29	Lun.	s. Maxim	29	Jeudi	ss. P. et P.
30	Dim.	s. Eutrop	30	Mardi	s⁰ Emilie.	30	Ven.	C. s. Paul
			31	Merc.	s⁰ Pétron.			

Octobre.			Novembre.			Décembre.		
Jours décr. 1 h. 44.			Jours décr. 1 h. 19.			Jours décr. de 10 m		
P.L.6. — N.L.21 — D.Q.14. — P.Q.28			P.L.4. — N.L.20 — D.Q.12. — P.Q.27 — N.L.30.			P.L.4. — N.L.19 — D.Q.12. — P.Q.26		
1	Dim.	s. Rémi.	1	Merc.	TOUSS.	1	Ven.	s. Éloi.
2	Lun.	ss. A. g.	2	Jeudi	Trépassés	2	Sam.	s. Fulgen
3	Mardi	s. Cyprien	3	Ven.	s. Marcel.	3	Dim.	Avent.
4	Merc.	s. Fr. d'A.	4	Sam.	s. Charles	4	Lun.	s⁰ Barbe.
5	Jeudi	s⁰ Aure V	5	Dim.	s⁰ Bertild	5	Mardi	s. Sabas.
6	Ven.	s. Bruno.	6	Lun.	s. Leona.	6	Merc.	s. Nicola.
7	Sam.	s⁰ Serge.	7	Mardi	s. Willeb.	7	Jeudi	s⁰ Fare.
8	Dim.	s⁰ Brigit.	8	Merc.	s⁰ Reliq.	8	Ven.	CONCEPT.
9	Lun.	s. Denis é.	9	Jeudi	s. Mathu.	9	Sam.	s⁰ Gorg.
10	Mar.	s. Géréon	10	Ven.	s. Léon.	10	Dim.	s⁰ Valère
11	Merc.	s. Firmin	11	Sam.	s. Martin	11	Lun.	s. Fuscie.
12	Jeudi	s. Vilfrid	12	Dim.	s. René.	12	Mardi	s. Damas.
13	Ven.	s. Gérand	13	Lun.	s. Brice.	13	Merc.	s. Luce.
14	Sam.	s. Caliste	14	Mardi	s. Maclou	14	Jeudi	s. Nicaise
15	Dim.	s⁰ Thérès.	15	Merc.	s. Eugène	15	Ven.	s. Mesm.
16	Lun.	s. Gal.	16	Jeudi	s. Eucher	16	Sam.	s⁰ Adélaïd
17	Mardi	s. Cerb	17	Ven.	s. Agnan.	17	Dim.	s. Olymp.
18	Merc.	s. Luc.	18	Sam.	s⁰ Aude	18	Lun.	s. Gatien
19	Jeudi	s. Savin.	19	Dim.	s⁰ Elisab.	19	Mardi	s. Meuri.
20	Ven.	s. Sendou	20	Lun.	s. Edmo.	20	Merc.	s. Philogo
21	Sam.	s. Ursule.	21	Mardi	P. de la V.	21	Jeudi	s. Thom.
22	Dim.	s. Mellon.	22	Merc.	s⁰ Cécile.	22	Ven.	s. Honora.
23	Lun.	s. Hilar.	23	Jeudi	s. Clém.	23	Sam.	s⁰ Victoir
24	Mardi	s. Magl.	24	Ven.	s⁰ Flore.	24	Dim.	s. Delphi.
25	Merc.	s. Crépin.	25	Sam.	s⁰ Cather.	25	Lun.	NOEL.
26	Jeudi	s. Rustiqu	26	Dim.	s⁰ Gen. A.	26	Mardi	s. Etienn.
27	Ven.	s. Frum.	27	Lun.	s. Maxim.	27	Merc.	s. Jean.
28	Sam.	s. Simon.	28	Mardi	s. Sosth.	28	Jeudi	ss. Innoc.
29	Dim.	s. Farou.	29	Merc.	s. Saturn.	29	Ven.	s. Thoma.
30	Lun.	s. Lucain.	30	Jeudi	s. André.	30	Sam.	s⁰ Colom.
31	Mardi	s. Quentin				31	Dim.	s. Sylvest.

LE PRINCE EUGÈNE

ET

L'IMPÉRATRICE JOSÉPHINE

CHAPITRE I.

NOTICE SUR L'IMPÉRATRICE JOSÉPHINE.

De toutes les vertus, celle qui est le plus agréable à Dieu, et qui en même temps laisse dans nos cœurs un souvenir impérissable, c'est la *bonté*.

Aux lauriers du guerrier, il se mêle toujours quelques larmes. L'homme de génie est sans cesse poursuivi par l'envie qui le harcelle jusqu'à ce qu'il ait trouvé dans la tombe un refuge que l'on ne respecte pas toujours, car on a vu troubler le sommeil des morts et profaner leurs cendres ; mais, si l'on n'épargne ni la gloire ni le génie, on s'incline devant celui qui fut vertueux et bon. Celui qui, en faisant le bien a su se faire aimer, non-seulement trouve grâce devant ses contemporains, mais encore il lègue à la postérité reconnaissante un nom que chacun se plaît à répéter.

C'est un souvenir du cœur, et tout ce qui vient du cœur est immortel.

Voyez nos paysans ! Beaucoup ignorent que Charlemagne fut un grand conquérant, mais tous connaissent le Béarnais, tous l'appellent encore le *bon Henri !* Il en est de même de l'Impératrice Joséphine, tous la nomment encore la *bonne Joséphine !* C'est un baptême qui lui vient du peuple ; et sur ce point-là, comme sur beaucoup d'autres, le peuple ne se trompe jamais. On peut quelquefois, grâce au mensonge, fausser son jugement, mais on ne peut fausser son cœur ; et c'est avec le cœur que le peuple baptise ceux qui l'ont aimé de leur vivant, et à qui, après leur mort, il donne l'immortalité !

L'Impératrice Joséphine (Marie-Rose-Françoise Tascher de la Pagerie), naquit à Saint-Pierre de la Martinique, le 24 juin 1763. On prétend qu'étant fort jeune encore, une Bohémienne lui prédit les hautes destinées qui l'attendaient. C'est-là un dicton populaire ; mais croyons plutôt que si elle parvint à s'asseoir sur le plus beau trône de l'univers, c'est que sa grâce et ses vertus l'en avaient rendue digne. Il n'est point d'effet sans cause ; et si la veuve du vicomte de Beauharnais devint impératrice, c'est que Dieu l'avait jugé digne de le devenir.

De son premier mariage, elle eut deux enfants : le prince *Eugène* et la reine *Hortense*, mère de S. M. impériale Napoléon III.

La mère et la fille étaient revenues à la Martinique, lorsque des troubles survenus dans cette île, en 1790, les obligèrent à revenir en France. C'est là qu'elle eut la douleur de voir son mari, le vicomte Beauharnais, traîné à l'échafaud ; elle-même ne tarda pas à se voir incarcérée. Grâce à la protection de Tallien, elle fut remise en liberté, et bientôt il ne fut plus question que de la charmante veuve. Son crédit devint plus grand tous les jours, et elle ne s'en servit que pour faire des heureux. Bonaparte, alors général de l'intérieur, ne put la voir sans l'aimer. Il demanda sa main et l'obtint. Le mariage eu lieu le 8 mars 1796. Elle suivit son mari à l'armée d'Italie, dont il venait d'être nommé général en chef.

Bientôt l'étoile de Napoléon brille de tout son éclat. Nous le voyons marcher à la gloire à pas de géant, et c'est à peine si nous pouvons le suivre, car chaque étape est une victoire, et chaque victoire un nouveau fleuron ajouté à sa belle couronne. Ainsi nous le voyons général en chef de l'armée d'Italie en

1796, commandant de l'expédition d'Egypte en 1798, premier consul le 13 décembre 1799, consul à vie le 1er août 1802, empereur le 18 mars 1804, couronné roi d'Italie le 26 mars 1805.

L'Impératrice Joséphine fut sacrée et couronnée Impératrice des Français le 2 décembre 1804. Rien ne manquait plus à son bonheur. Uniquement occupée de faire celui de son époux, elle l'accompagnait jusque dans les camps. Par ses hautes qualités, elle entourait l'Empereur de l'affection de ses sujets.

Heureuse souveraine et heureuse mère, elle rêvait pour son fils bien-aimé, le prince Eugène, l'avenir le plus brillant... Mais tant de bonheur devait un jour s'évanouir !...

Nous sommes en 1809. La bataille de Wagram vient d'être gagnée par l'Empereur. Cette nouvelle victoire le rend maître de l'Autriche. C'est un mariage qui va réconcilier les deux Empereurs : Marie-Louise va devenir la seconde Impératrice des Français. Le fatal mot de divorce est prononcé ! mot cruel qui frappe une femme charmante dans toutes ses affections ! Si c'est pour son fils qu'elle regrette les grandeurs, c'est pour elle qu'elle regrette son époux, c'est pour l'affection qu'elle lui porte et qu'elle lui conservera jusqu'à son dernier jour.

La France a une nouvelle Impératrice : Marie-Louise est la compagne de Napoléon le Grand. Mais la fille des Césars fera-t-elle oublier la bonne Joséphine ? Oh ! ne le croyez pas ! Le peuple la plaint, le peuple la regrette, et bientôt on se dit tout bas :

« C'est à la bonne Joséphine que l'Empereur devait « son bonheur ; maintenant qu'elle n'est plus là, sa- « vons-nous ce qui peut arriver ? L'étoile de José- « phine, c'était son étoile à lui, c'était aussi la nôtre ; « maintenant que l'étoile ne brille plus là-haut, sa- « vons-nous ce que nous réserve l'avenir ? »

Tristes pressentiments qui devaient se réaliser quelques années plus tard !

L'Impératrice, en quittant le trône, trouve du moins une douce consolation dans la tendre affection

de sa fille, la reine Hortense. A peine le divorce im-
périal avait-il été prononcé que, fille pieuse, elle veut
rejoindre sa mère pour ne plus la quitter. Toutes
deux vinrent s'établir à la Malmaison. C'est là que,
dans l'étude de la botanique, la bonne Impératrice
cherche un remède à ses chagrins; c'est là qu'elle
mourut, le 29 mai 1814, regrettée par les grands et
pleurée par le peuple.

L'Impératrice Joséphine fut inhumée dans l'église
de Rueil. Vingt-trois ans plus tard, en 1837, sa fille
expirait en Suisse, au château d'Arnemberg, dans le
canton de Turgovie. Son corps a été transporté en
France et inhumé à côté de celui de sa mère.

CHAPITRE II.

LE PRINCE EUGÈNE RÉCLAMANT L'ÉPÉE DE SON PÈRE.

L'Impératrice Joséphine avait eu de son premier
mariage, avec le vicomte de Beauharnais, un fils et
une fille : le prince *Eugène de Beauharnais* et la reine
Hortense. Tous les deux furent adoptés par l'Empereur, qui adopte aussi une cousine de l'Impératrice,
la princesse Stéphanie, grande-duchesse de Bade,
née en 1789, et qui épousa, en 1806, le grand-duc de
Bade, dont elle eut cinq enfants.

Fils adoptif de l'Empereur des Français ! quel
avenir immense pour le jeune prince ! quelle carrière de gloire s'ouvrait devant lui ! Et voyez cependant à quoi tiennent nos destinées ! C'est encore le
hasard qui, aveugle comme la fortune, nous entraîne
souvent sur ses pas sans que nous sachions où nous
mène ce guide mystérieux !

Un grand deuil venait de se répandre dans la famille Beauharnais : son chef, le vicomte de Beauharnais venait de périr sur l'échafaud révolutionnaire.
Cependant le 13 vendémiaire arrive : Napoléon ve-

nait d'être investi du commandement de l'armée de
Paris, et son premier soin fut de procéder au désar-
mement général des sections. Un jour, un jeune
homme de dix à douze ans se présente à l'état-major.

« Que voulez-vous, mon enfant, lui demande un
officier. — Parler au général Bonaparte. — Au général Bonaparte ! il est fort occupé dans ce moment,
et je doute qu'il ait le temps de vous recevoir. — Cependant, j'ai le plus grand besoin de lui parler. —
Et vous ne pouvez me dire à moi-même, le motif qui
vous amène ? — C'est impossible ! il s'agit d'une grâce
à obtenir, et vous ne seriez pas, sans doute, assez puis-
sant pour me l'accorder. — Vous avez raison, mon
enfant, de douter de mon crédit, qui, en effet, n'est
pas fort grand : s'il vous faut quelqu'un qui ait du
pouvoir, vous avez raison, vous ne sauriez mieux vous
adresser qu'au général Bonaparte; veuillez repasser
demain, car le général est sorti. — Sorti ! ô mon
Dieu ! j'aurais bien voulu, cependant, lui parler aujourd'hui. » Et deux grosses larmes coulèrent sur les
joues de l'enfant.

« Allons ! ne pleurez pas, lui dit l'officier, qui, témoin d'une telle douleur, se sentit attendri : demain,
je vous promets de vous faire obtenir une audience.
— Merci, monsieur, répondit l'enfant, en essuyant
ses larmes, et il s'apprêtait à sortir quand la porte
s'ouvrit brusquement et donna passage à un nouvel
arrivant; ce dernier était d'une taille un peu au-des-
sous de la moyenne; il était d'une grande maigreur;
mais sur son front, plein d'inspiration, il semblait
porter le sceau du génie.

C'était le commandant de l'armée de Paris; c'était
le général Bonaparte !

Il aperçut l'enfant qui s'apprêtait à sortir, et ar-
rêtant sur lui ce regard d'aigle qui déjà annonçait le
futur César, il demanda avec intérêt :

« Que veut cet enfant ? — Parler au général Bonaparte. — Et qu'avez-vous à lui dire ? — J'ai un
service à lui demander. — Alors, parlez, mon enfant, le général Bonaparte vous écoute. — C'est vous,

monsieur le général! oh! tant mieux! combien je suis heureux de vous rencontrer. Lorsqu'on m'a dit qu'il faudrait attendre à demain, j'en ai eu bien du chagrin; car sait-on si demain vous serez encore à Paris? — Et pourquoi donc n'y serais-je pas? demanda vivement le général. — C'est qu'on prétend que vous restez rarement en place, et que vous êtes au nord lorsqu'on vous croit au midi. — Et qui vous a dit cela, mon petit ami? — Qui? c'est le bruit général. — Alors, on daigne donc s'occuper de nous dans Paris? — Vous le voyez bien, mon général, puisque je viens vous trouver, moi. »

Ce *moi*, plein de naïveté, charma le général.

« Et quel est votre nom? lui demanda-t-il. — Je me nomme Eugène de Beauharnais. Mon père était général, lui aussi; mais il est mort, et ne m'a laissé pour fortune que son épée : elle m'a été enlevée, et je viens la réclamer; car moi aussi, je veux servir la France, quand l'âge me le permettra! — C'est bien, mon enfant, c'est fort bien! vous réclamez l'épée de votre père; cette épée vous sera rendue. »

Quelques moments après, on apportait au général Bonaparte l'épée du vicomte de Beauharnais; la remettant à son fils, il lui dit :

« Voici l'épée de votre père : je vous la rends, et je suis convaincu qu'un jour vous vous en servirez pour l'honneur et la gloire de la France! — Oh! oui, général, je vous le jure! Merci pour moi et merci pour ma mère! — Ah! il vous reste une mère! Je croyais que vous n'aviez plus d'autre mère que la France, et j'allais vous dire : aimez-là bien, car jamais elle n'abandonne ses enfants. »

C'est avec ces paroles, pleines de bonté, que le général Bonaparte congédia le jeune solliciteur.

Eugène Beauharnais se présente tout joyeux à sa mère.

« On m'a rendu l'épée de mon père, lui dit-il, ma mère, je vous jure de la porter avec honneur!

Madame de Beauharnais embrassa son fils et le questionna sur le général Bonaparte : en apprenant

Le général Bonaparte.

avec quelle bonté il avait accueilli son fils, elle se crut obligée d'aller lui faire ses remerciements.

Chacun sait de quelle grâce était douée l'impératrice Joséphine : la connaissance ne tarda pas à devenir intime et tendre entre le général Bonaparte et madame de Beauharnais, et bientôt le mariage vint sceller cette union, commencée sous de si heureux auspices.

CHAPITRE IV

LE PRINCE EUGÈNE ET LES SOLDATS DE L'EMPIRE.

Tout le monde connaît la carrière militaire du prince Eugène et la noble part qu'il prit à nos victoires. Par son courage et son humanité, il obtint bientôt une grande popularité dans les camps. Quand on ne s'y entretenait pas de l'Empereur, l'entretien roulait, bien souvent, sur son fils adoptif.

« En voilà un crâne troupier! disait l'un. — Oui, aussi bon que brave, répondait un autre, ne boudant pas plus pour une bonne action que pour un beau fait d'armes! toujours prêt à donner une danse à l'ennemi et à nous rendre service à nous autres : demande plutôt à Fruchot, qui est là, dans un coin, ne disant rien, mais n'en pensant pas moins. — Le prince Eugène! répondit Fruchot, qui parle ici du prince Eugène? — Parbleu! c'est moi. Eh bien! qu'as-tu donc, et quelle mouche te pique? Tranquillise-toi : on ne dit rien ici qu'à la louange du fils de notre bonne Impératrice. — A la bonne heure! car celui qui en dirait du mal ferait connaissance avec...
— Avec ta rouillarde, n'est-ce pas? — Justement. Voyez-vous bien, le prince Eugène est le meilleur des hommes, comme il est aussi le meilleur des fils ; aimant la France comme il aime sa mère, comme nous aimons notre Empereur, et c'est tout dire. Je gage

qu'aucun de vous ne lui a demandé un service sans qu'il l'ait reçu. — Cela c'est vrai : pour moi, voyez-vous, je lui en dois un que je n'oublierai jamais. C'était à l'entrée de cette campagne ; nous venions de passer le Rhin, quand le vaguemestre du régiment me remet une lettre ; cette lettre était écrite par le bon curé de mon village : il m'annonçait que ma vieille mère était à la veille de rendre son âme à Dieu, et qu'avant de mourir, elle voudrait m'embrasser. Nous étions à la veille d'une bataille : était-ce le moment de quitter les drapeaux ? d'un autre côté, ma pauvre mère mourrait-elle sans m'embrasser ? Dans ce moment, le prince Eugène faisait sa ronde, s'informant de nos besoins, comme c'était son habitude. Je tenais encore la lettre du curé à la main : le prince Eugène devina sans doute en me voyant que cette lettre contenait une nouvelle bien triste pour moi, car il s'informa avec bonté du motif de ma douleur. Je lui montrai la lettre ; après l'avoir lue, il me dit : — La France, Dieu merci, a de nombreux enfants, et toi, tu n'as qu'une mère, comme elle n'a qu'un fils : pars, mon ami, va fermer les yeux à ta vieille mère, tu rejoindras ensuite ton drapeau. — Je partis. J'ai fermé les yeux à ma mère, puis je suis revenu ! Voilà le service que je dois au fils de notre Impératrice ! tant que je vivrai, je m'en souviendrai ! — Et tu feras bien, camarade. — Moi, dit un vieux grognard portant la croix d'Honneur sur la poitrine et trois chevrons à son bras, je l'ai vu après le combat, parcourir le champ de bataille, visitant les blessés, les encourageant, les recommandant au chirurgien-major. — Moi, je l'ai vu en Russie, au milieu de la neige, faire le coup de feu comme un *vieux de la vieille !* D'où il faut conclure, camarades, que le prince Eugène est aussi bon que notre Impératrice, et aussi brave que notre Empereur. »

CHAPITRE V.

LE PRINCE EUGÈNE AU TOMBEAU DE SA MÈRE.

De toutes les qualités qui faisaient bénir le nom du prince Eugène, celle qu'il portait au plus haut degré, c'était celle d'être un bon fils : il aimait sa mère comme on aime Dieu, car il savait qu'elle n'avait jamais eu d'ambition que pour lui; il savait qu'au milieu de la cour la plus brillante du monde entier, la première pensée de la bonne Impératrice était pour son fils. Aussi, quand le cœur de cette femme charmante fut si cruellement déchiré, quand le fatal divorce eût été prononcé, la plus douce consolation qu'elle trouva, ce fut dans les tendresses sans bornes de la reine Hortense et de son fils Eugène.

Alors la noble femme, oubliant ce trône qu'elle avait perdu, s'écriait dans son orgueil maternel :

« Pourquoi me plaindrais-je, ô mes enfants! N'êtes-vous pas là tous les deux? Toi, ma douce Hortense, qui as tout abandonné pour me suivre et me consoler, et toi, Eugène, mon fils bien-aimé, qui, après avoir fait mon orgueil, fais aujourd'hui ma consolation! Oui, mes enfants, je suis heureuse! N'êtes-vous pas là? »

Combien de fois de telles scènes n'eurent-elles pas lieu, à la Malmaison, entre l'Impératrice Joséphine et ses enfants!

Cependant, nous sommes en 1814. L'Europe entière est liguée contre nous. L'aigle française résiste encore, mais elle est prête à succomber sous le nombre de ses ennemis. Alors, comme pour n'être pas témoin plus longtemps de nos désastres, la belle âme de l'Impératrice s'envole vers le ciel : la bonne Joséphine expire à la Malmaison, le 29 mai 1814.

Ah! s'il fut une tombe entourée de regrets unanimes, ce fut la sienne. Chacun la pleura. Ce fut un deuil pour tous. Alors on vit le prince Eugène, conduit par sa piété filiale, venir rendre visite à cette tombe qui renfermait la dépouille de la plus généreuse des femmes, comme de la meilleure des mères !

Dix années s'écoulent de nouveau. Nous sommes en 1824. Le prince Eugène a épousé la fille de Maximilien-Joseph, roi de Bavière. Entouré de ses enfants et d'une femme qui l'adorent, il expire à Munich, à l'âge de quarante-deux ans, le 21 février 1824.

Le prince Eugène n'est plus !... Sa mère lui gardait une place dans son beau ciel : il vient de l'y rejoindre !!

L. DE CHAUMONT.

ANECDOTES

SUR LE PRINCE EUGÈNE ET L'IMPÉRATRICE JOSÉPHINE.

Après la brillante campagne de Marengo, Napoléon était à la Malmaison, où il se délassait au milieu de ses amis et d'une société d'élite, des fatigues de la guerre ; un matin, Joséphine vint le trouver d'assez bonne heure :

« Sais-tu que je viens te proposer un voyage, mon ami ? lui dit-elle avec son plus charmant sourire. — Un voyage ! Au salon, sans doute ? — Non, en Suisse. — Comment, en Suisse ? Tu plaisantes, n'est-ce pas ? — Non, vraiment ; viens plutôt. »

En dix minutes, ils se trouvèrent à une extrémité du parc qui reproduisait fidèlement un des beaux sites de la Suisse. Rien ne manquait à ce *fac-simile*, ni le chalet, ni le précipice, ni le petit pont de bois jeté sur l'abîme ; il y avait jusqu'à des chèvres et des vaches venues du canton d'Appenzel, et qui paissaient çà et là en liberté, comme dans les tranquilles vallées

qui les avaient vues naître. Mais une autre surprise
attendait le Premier Consul. En entrant dans le chalet, il vit une belle jeune fille venir au-devant de lui,
et lui faire les honneurs de la petite ferme avec une
grâce merveilleuse. Bientôt elle couvrit une petite
table d'œufs, de fruits, de laitage, et, tout en s'excu-
sant avec esprit de ne pas recevoir plus dignement
un hôte aussi illustre, elle présente un siége à Napoléon; enchanté de l'accueil. Il trouva le déjeuner ex-
cellent, et le repas champêtre terminé, il dit à la
belle Suissesse :

« Mademoiselle, vous venez de prouver que vous
jouez parfaitement les pastorales ; venez avec nous au
château, car je suppose que votre place est encore
mieux marquée au salon que dans un chalet. — Hé-
las ! général, répondit la prétendue fermière, je vou-
drais bien revoir la France ; mais je ne puis quitter la
Suisse sans la haute protection du Premier Conseil,
que j'implore en ce moment pour ma famille et pour
moi. »

Napoléon démêle facilement la pensée de l'idyle
dans laquelle Joséphine lui avait fait jouer à son insu
le principal rôle. Il regarda sa femme du coin de l'œil,
et dit en souriant :

« Toute comédie doit avoir son dénoûment ; celle-
ci aura le sien, et c'est moi qui me chargerai de le
trouver. »

Joséphine répondit :

« Mon ami, je t'ai laissé la tâche la plus facile... —
Et la plus agréable, ajouta courtoisement Napoléon :
Mademoiselle, continua-t-il, votre famille peut quitter la Suisse, les portes de la patrie lui sont ouvertes
dès à présent, et vous ne sauriez en douter, puisque
le premier magistrat de la République vous prie d'ac-
cepter son bras pour revenir en France. »

Quinze jours après, toute cette famille d'émigrés
rentrait en France.

(Extrait de l'Almanach de Napoléon.)

UN CALEMBOURG MILITAIRE.

Nous sommes en 1805. Autour d'un énorme brasier destiné à lutter contre l'âpre froidure du mois de décembre, des soldats sont rangés en cercle. Chacun raconte sa nouvelle :

« A propos, dit un des vieux grognards, vous savez que le prince Eugène se marie avec une princesse de Bavière. — C'est un fier troupier et un bien gentil garçon. Quel dommage qu'il n'ait plus de dents ! — Bah ! vous plaisantez ! Est-ce qu'on a besoin de dents pour prendre une *Bavaroise ?* »

UN BON MOT DU PRINCE EUGÈNE.

Chacun sait que l'Empereur mangeait très-vite : il ne restait guère que douze minutes à table. Le dîner fini, il se levait et passait dans le salon, où l'Impératrice et les dames du palais le suivaient. Un jour que le prince Eugène se levait de table, en même temps que l'Empereur, ce dernier lui dit :

« Mais tu n'as pas eu le temps de dîner, Eugène ?
— Pardonnez-moi, répondit le prince, j'avais dîné d'avance. »

Paris. — De Soye et Bouchet, imprimeurs, rue de Seine, 36,